我們。

姚時晴

因為有愛籠罩，所以「沒有一朵花需要溫室」。姚時晴以情詩的言說方式完成詩集《我們》，為我們留下「字裡的眼睛」繼續注視世界。從遠望群山森林磨墨寫字到閱讀陽光，到省視五官「被時間裱褙成枯山水」，如何「將夢曬成古銅色」，字詞意象的輕盈搬動和聲韻的溫柔咀嚼讓台灣的生命與大自然重新相遇，綻放一朵又一朵的擁抱。

香港城市大學教授　吳耀宗

《我們》情詩集，想像力鮮活、意象靈動耐讀，筆端蘊含深淺情意，流轉自在。姚時晴在這本詩集中勇於挑戰，去思考、去實驗詩的種種可能。她將「聲（籟）」、「（音）韻」、「（歌）詞」融匯，尤其是（歌）詞的部分，兼容「類散文詩」，企圖呈示現代與古典「詞」的交互作用。「情詩」只是一個概念，而她觸及的，更在情詩以外的綿綿念想和幽杳思維。語字，是姚時晴永恆的戀人。她為戀人悉心構築一幢建築，用意象、聲韻和語意的工法，砌上層層情意。就好像詩人葉慈打理峇里鄺（Thoor Ballylee）古堡，他在古堡內寫一首一首情詩給茉德（Maud Gonne）——他永恆的戀人，古堡的建築本身及七十二階迴旋梯給詩人無盡象徵的力量。姚時晴在她的語言建築裡，透過古典聲韻的再想像、透過詩與歌（或流行音樂）的互涉媒合，進行新詩的試煉，既是對情詩叛逆，也是向情詩致敬。

聯合文學總編輯　李進文

情書必是寫給我們，只寫給他的，叫單戀。寫給你，而你這個對象不論是有情或絕情或寡情、有機或無生命的，執筆而寫出來的情，那個你對面的我，則是情感的發射端與接收器。時晴的情書書寫對象有單一的愛、亦有廣泛的對大自然的日月萬物、世界變遷的歷史跟生態、種種的大愛。時而化身柔情女子、翻過身子卻抱著地球寶寶，展現了女性的母愛。她寫出了身為女性的付出與受傷，也讓我們一窺她的力量與才華。她透過詩和一個名詞，建構了我們的情詩觀。

台灣風土雜誌總編輯　顏艾琳

詩人與詩共命
詩與萬物共生
萬物與光合一
時晴是詩人、是詩
時晴也是萬物、是光

詩人、畫家、金曲獎女歌手　羅思容

這是一本簡約的密函。有些文字尚未著色，有些風景慢了幾個色階，然而，它指控了所有「我」的複數。並指出，是這些「愛」，讓「我」不再是「我」。於是「我們」握筆梳理自己，將唏噓剪成宋詞，將廢墟變成地景；詩經一女子，也要有傾城的文筆。

逢甲大學教授　嚴忠政

語言的歡愉——序姚時晴情詩集《我們》

臺北教育大學教授　向陽

這是一本情詩集，但同時也是一本討論語言與詩的結構性關聯的詩集。正如同青年詩人姚時晴在詩集自序中引用法蘭克・洛伊・萊特（Frank Lloyd Wright）的創作核心價值所言，建材、工法與結構佈局會影響建築的完整協和，詩亦復如是。詩通過語言來建構，語言（包含意象與形式）的精雕細琢，結構了一首詩的完整協和。每一首詩，都是一棟建築，透過語言的建構，可以蓋得庸俗不堪，也可以蓋得宏偉高雅；可以是危樓，也可以是雅舍，端看操作語言的詩人是否有能力善用他所掌握的素材，搭配他所想表達的語境，建構出既能呼應外在環境、又能表達內在心境的詩的建築。

《我們》這本詩集，因此可以說是姚時晴以語言為建築素材，細斟慢酌所建構出來的雅舍。她以對語言精密度的敏感要求，嘗試建立現代詩的新可能、新空間；她嘗試在意象和聲韻、符旨和符徵之間，建構一個足以安頓自身，又能展示現代詩美學的新建築。她對詩用情甚深，對語言用力甚篤，對於詩的質地和細膩也用心甚殷，因而使得這本詩集的諸多詩作得以翻越一般情詩書寫的私密格局，呢喃自語之外，別開一扇明窗之外入目可見的寬闊景觀。

詩集分「我們——聲籟」、「我（們）——音韻」、「（我們）——歌詞」等三卷，顯示了姚時晴對這本詩集（或者更擴大來說，對詩與建築）的自我期許。詩與情感，都是隱晦而難以捉摸的，但語言作為一種外顯的建築，它的「聲」、「韻」、「詞」則屬人人可見、可知、可感的素材，用得準確、用得細緻、用得精密，自然可以讓詩發揮意在言外、語外有境的功能，所謂弦外之音是也。

「我們」一卷收詩作十五首，從〈我們的島〉到〈流光之掌〉，多為抒情敘事之詩，情可以是土地大愛（如〈我們的島〉）、也可是小我之情（如〈蜂鳴〉），可以是時光的詠嘆（如〈紀念碑〉）、也可以是自然的擁抱（如〈朗讀陽光〉、〈雪旅〉）……，這些詩作流露出詩人對於土地、時光和內在情愫的真摯敘述，語言明淨，意象清朗，一如我們舉目可見的山川原野，靜好無邊。那是自然的聲籟（天籟、地籟與人籟）通過詩人錘鍊過的語言，自然地表露出來。

「我（們）」一卷收詩作十五首。十五首作品都以類疊、複蹈等修辭工法，外加活潑的用韻，營造詩的聲音之美、節奏之美。如〈二葉松〉起筆：「如何說出這些秘密？／譬如，山如何漫步大海／水如何飛越天空／一個部首／如何點燃一座字林的大火」，就顯現聲音節節逼近、跌宕的層次；如〈暮蟬〉寫蟬聲：「這些聲音／穿越四色樹與風鈴木／金露花與馬纓丹／穿越杜鵑葉蜂的翅膀／穿越吉丁蟲的甲殼／停駐，你的耳廓」，三個「穿越」連貫了無所不在的蟬聲，更讓聲音和眾多花樹交纏，花樹名稱起落，更表現紛繁的音色；〈時間〉一詩四個「滾動」、四個「扒光」，連帶那些紛繁的意象，也讓時間的匆促、緊迫之感，跳躍紙上。

「（我們）」卷收八首詩，和四十四首詩人稱之為「倚聲詩」的短詩。前者從〈大成濕地——反國光石化運動〉到〈大肚溪口濕地〉，多以地誌詩為主，姚時晴將抒情筆法帶進敘事情節之中，讓備受關注的土地問題、地景和環保課題以非寫實的語境呈現，讓詩作讀來具有濃厚的人文地理學所稱的「地方感」，尤其可貴。

「倚聲詩」在我來看，是姚時晴這本詩集中最具特色的作品。一如她在〈後記〉中強調，這本詩集原來就設定兩個探索主題，「一是古典聲韻的再發現與再想像；二是詩與歌（或流行音樂）於文本中互涉媒合的多重組合臨床試驗」，「倚聲詩」正是後者的實驗之作。作為一種實驗，她嘗試將古典「詞」的形式翻新，製作類似「詞牌」的新詩。這四十四首「倚聲詩」連題目都相當考究，並且運用了諧擬或後設的互詮來製題，如〈風景（路過）〉、〈黑貓（書寫）〉、〈夢（沒有鑰匙的）〉……等等，題目有顯有隱，強化了「倚聲詩」的諧擬趣味，同時也為短詩的雙重乃至多重指涉提供了更開放的解讀空間。

展讀姚時晴的《我們》，處處可見語言的歡愉，也可見她理想中的詩的建築已然成形，並且擁有特屬於她個人的風格。她嘗試翻新中國古典詩詞的現代形式，並且因此建構起了一座具有建築想像的語言城堡。這還只是一個起點，從這個起點出發，還有第二座、第三座城堡等著她繼續起造！

自序

I. 關於語言的建築想像

詩的有機概念

有機概念被視為法蘭克・洛伊・萊特（Frank Lloyd Wright）整個創作過程的核心價值。建材、工法、結構佈局等的建構原則，在建築裡不斷形構成一個完整協和的整體。有機建築的概念不只是建築與自然環境彼此間的協調融合關係，同時也是將建築本身視作如同一個有機體：整座建築的構築依循一個中心的意境，關注建築裡的每一個細節，讓每一個細節，彼此呼應烘襯相互呼吸榮生，反映出自然界中生息相容的環境綱目。

如果語言是建材，筆法便如同建築工法，而形式與結構便是整座建築的藍圖。我們如何在每一首詩的細節裡依循詩的中心意境，創作出一首能夠包容語言各個環節，讓每個字生息相聞彼此呼應烘襯，並協調融合成渾然天成的有機體，便是自己在書寫「詩」此一文類必須終身追尋與反覆思索探究的目標。

關於語言的建築想像

約瑟夫・法蘭克（Joseph Frank）提及：「意象不是圖像的再現，而是將不同觀念、感情統一成為一個複雜的綜合體，在某一瞬間以空間的形態出現。」

語言是棟建築，由意象、聲韻和語意構成，每個字各有自己的門戶和歷史，堅硬與柔軟。而我所能做的，便是以這些橫、豎、點、捺的建材，創造出屬於自己的語言空間，讓詩的迴廊產生溫暖奇幻的光影變化，讓語言空間介入相容或對應的質變。所有說過的話將在其間如歌回響。因此最美的建築永遠不僅是建築物本身，最美的詩也不只是詩本身。

詩的華麗建案

隨著時代的推進，乃至新科技媒材的問世，新詞彙與新呈現方式的產生就如同新建材與新建築工法的發明。因應不同的語言變化，自然會產生不同的創作形式與技法。一首詩的誕生就像一個語言空間的完成，語言在詩裡扮演的角色便等同於建材，語法與筆法的運用便是構築這座詩建築物的建築工法。語言（建材）、筆法（建築工法）與形式結構（建築藍圖）便成了構築一首詩的三個最基本面向。

依照這樣的語言建築想像來觀察我們目前所見到的一些語言呈現。長句式的運用亦可看作是不同語言世代（或不同性格的創作者）對展現不同語言能量的企圖，他們意圖在語言的版圖內構築一個更龐大複雜的語言形態，以回應整個更多元與資訊龐雜的時代氛圍。這樣的語言空間宛如一座座龐大高聳的華美宅第，但未必每一棟都是令人傾心的大器建築或擁有高度視野的水岸豪宅。有時過度繁複的句式與過度雜沓的意象堆疊，反而像一棟過度綴飾的建築空間，讓人感到凌亂而失去焦點。

密斯・凡德羅（Lucwig Mies van der Rohe）於第一次世界大戰後，嘗試建立一種新的建築形式。他以一種極為簡約的建築架構與連續流暢的開放空間取代繁複的建築語彙，重新界定與影響了現代建築的形態。在建築設計的創作過程中，他以「少即是多」（Less is more.）作為設計準則；而其另一句關於建築設計的名言則是「神就在細節裡」（God is in the details.）。

倘若能屏除詩的書寫過程中，雜沓的意象繁衍與過度綴飾的句式結構，我們是否能在更簡約更節制的詩句中衍生出更繁複與開放性的想像與解讀。但簡約與有意識地節制並不代表單調與平乏，其關鍵在於我們是否能在詩的建築裡，找到磐固語言各個面向（意象、聲韻、語意）的工法，讓詩所營造的語言空間具有既獨特又「精密協和」的細節與層次。是的，即便是涉及減法建築美學的書寫模式，都必須在細節做到更細緻的語言處理，否則所謂極簡書寫亦將落入索然無味。

詞的老屋再生

王國維在《人間詞話》裡談到關於詞的「境界」之說，認為「如何虛構之境，其材料必求之於自然，而其構造，亦必從自然之法則」。此一觀點其實與法蘭克・洛伊・萊特（Frank Lloyd Wright）的「有機概念」有異曲同工之處。而《人間詞話》內諸多關於「境」（造境，寫境，有我之境，無我之境等）的探討，亦或許可視為如同對「語言空間營造」的各種面向之討論。當然，這裡所說的「語言空間」指的絕對不單是語境內意象呈現出的空間／畫面感，還包含融合了情感、思考，與絃外之樂音等溢出的語言細節，乃至也蘊含了對於時間的概括。

在清・舒夢蘭編註的《白香詞譜》內，附錄陳祖耀校正的《晚翠軒詞韻》，對我而言，這是非常有趣的語言韻典查閱和想像。對於古典聲韻的再發現和再變造，我想，就像是將古典元素或傳統建材再次鑲嵌入現代建築裡一樣，也或許可以視為某種老建築物再活化所產生的，擁有更豐富歷史韻味與時間層次的，既雅致又當代的書寫模式。

語言構築的城市（語言質地）

想像筆落在一張白紙，構築一座城市或地景。我們需要一點剛強的字，讓詩跨過語言的大橋。湍流的溪水將在黑暗中穿越鋼筋水泥的字，前進至下一座城市。城市的人行道架起街燈，讓每個鳥巢皆可驅光孵化一隻麻雀在其間跳躍。因此我們需要一些溫潤的字灌溉城市裡的樹。讓充滿濕氣的字累積雲量，造雨／語，滂沱，熱帶雨／語林般溫室每一朵窗台上的植物。遠處也有帶著肉質的，肥厚且乾澀的字，在另一座窗台盛開五彩繽紛海市蜃樓的幻影。每株仙人掌的掌心都有駱駝與商隊駝袱珠寶、琥珀或綢緞，行經。我們還需要些許柔軟的字，讓孩童肆無忌憚奔馳、跳躍、翻滾或拋擲飛盤與野放風箏，讓髮梢沾滿草地的露珠，讓紅葡萄藤佈滿傾圮斑駁的山牆。如果每個聲音在每個音節裡爆破，我們需要赤焰的字引燃信火。在城市的夜空流星四竄建造一座空中遊樂場。讓海盜船、碰碰車、旋轉木馬搭載我們，前往記憶的城市與錯過的我們再次相遇。

詩人的國度

阿多尼斯（Adonis）說：「我真正的祖國就是語言」。為此，我試圖以語言砌築一棟廢墟，一戶家園，一座城市，一個國度。

II. 情詩書寫

情詩微分

總在某些時刻，內心突然變得柔軟又堅硬。想起這些字曾經抵達的地方。情詩真是奇怪的東西。不管你是否還愛這個人，或這個人是否還愛你？它就像個刺青刺在時間的左手臂，難以抹滅或除去。

詩往往走得比時間更遠，甚至比愛情本身更遠。世上還有什麼，比存在於一首情詩裡的愛情更不易改變？

情詩療癒

「質地」是羅蘭・巴特說的那種語言的肉體襯裡，長在文字尖端喜撩撥善撫摸的手指（張小虹）。自此，所有的情詩書寫便成為一種撫觸，一種撩撥，是大腿內側的磨蹭也是內心深處的嘆息。這些文字長滿觸鬚，在內心飄浮、吸附心壁，偶而搔癢你的視覺神經，但也沾附無數想像的陰影。我們的情感在這些蓬鬆的文字裡被包覆，感到安全、溫暖、被撫慰，所有文字長出羽絨般的小翅，而你是被語言保護的完好如初的授精卵，藉以重新細胞分裂、誕生，成為另一個沒有嘆息的人。

情詩為誰而寫？

所有詩創作中，情詩最是傷人，也是最動人的書寫題材。

第一次以情詩的方式書寫，是因為不想讓對方輕易看透自己的情感。迂迴的格式與朦朧難解的內文，可以緩衝自己的羞赧和不安。

我第一首情詩書寫的對象是狄瑾蓀（Emily Dickinson），詩中除了「紫色小花」一詞引自Emily的詩句外，其餘全是個人愛戀情緒的婉轉寫照。之後，隨著情感的推進、滯留、轉變，詩的內容與情緒也跟著起伏升降。不管內容如刀刃割傷肌膚或如冬陽曬在背部隱約的溫度。對我而言，都是真切且深刻的情感反應。像深陷的指痕掐捏在青春的臂膀，易痛也容易淤傷。

現在再寫情詩，反倒不再有固定的傾訴對象，可能是因週遭友人的經歷為別人代為抒發，或僅是一個道聽塗說的故事。真要再為自己提筆寫情詩，似乎總少了掐捏指痕的真切疼痛。

今日陽光燦爛，原本應該是個適合寫篇肉麻兮兮的情詩的好天氣，我卻只想到該將棉被拿出來曬。摸著暖烘烘的棉被，陽光的熱度傳至我的掌心，在我的手掌寫了發燙的字句。

情詩心電圖

情詩＝詩人心室擴張收縮後，留下的——鋸齒狀心電紀錄。

情詩的祕密

「沒錯，我是個怪人：我的心是一本日記，其中有幾頁黏在一起，但日記本身人人皆可閱覽。有關我行為的多數原因都寫在黏住的那幾頁。也許有人會想，紙那麼薄，裡面的字跡會透出來，但大家都知道，透過紙背讀到的文字是顛倒的」。一八三三年安徒生（Hans Christian Andersen）在給他的朋友丹麥女作家亨麗葉・杭克（Henriette Hanck）的信中如此寫道。

與卡夫卡（Franz Kafka）和狄瑾蓀（Emily Dickinson）相似，安徒生也曾在遺囑中交代將他年少時為戀人所寫的信不經閱讀即加以焚毀；但不同的是，柯林（Jonas Collin）並沒有像布洛德（Max Brod）一樣違背卡夫卡的遺言，而是完全依照安徒生的遺言，沒有閱讀將其焚毀。無論是狄瑾蓀、卡夫卡或安徒生，顯然身為讀者的我們現在所熱切閱讀的，許多是他們急欲焚毀或不願面對的過往與祕密。

愛情的結局

不喜歡悲劇，卻習慣在夜裡重複聆聽安徒生的童話故事。很多人不知道其實安徒生也寫詩。所以，他的故事總充滿詩意。這是一首未竟之詩，暗喻著我與愛的關係。美人魚的故事也可以出現歡樂的結局，只要——我們能錯過安徒生的版本。

〔目錄〕

我們

我們的島

（群山紙鎮大地
森林磨墨
大楷寫出潺潺流水聲）

我們在碑石
鑿鐫大霸尖山的等高線
讓部落狩獵開天闢地的祖靈

沒有一朵花需要溫室
沒有一隻鷹需要停機坪
島嶼的冊頁無需換日
我們就這樣旅行著故事

馱負福爾摩沙的背包客
住過中國、日本與美國的青年旅社
也曾露宿綠島、金門與釣魚台的營地
撿拾山川的枯枝　野炊史料的土窯
雙手伸進戰火取暖
雙腳踏入冷藏檔案的基地
夜晚，鑽探事件簿的睡袋
與歷史的鬼魂暢談不義與沈默的奧義

歷史的營火從未如此明亮
也從未如此安詳，安詳翻身
沒有光害的銀杏林
獨角仙撥動歷史的唱針
輕手置放森林的年輪
真相，終於發出黑膠的鼾聲

（也是繞樑群樹的樂聲）
靜謐沉睡於時間的榻鋪

而年輕的詩人正夢著……
（夢從未如此香甜）
一尾櫻花鉤吻鮭逆游史冊的河流
從雪山出發的魚
將從大海，再度游回森林隱密處的小溪

致辛波絲卡

每天甦醒的早晨
腦前葉閃現，數以萬計
等待被鍵入的文字

這些文字尚未著色
在我最初習字的小學課本
他們安靜等待，等待
一把透明的刷子
漆刷整牆書櫃的色彩

我多麼偏愛白色
內斂的色塊

純淨的音調
沒有過多綴飾
卻充盈各式幻化與折射

被紅色灼燙
被橙色飽滿
被黃色照亮
照亮，五月無邊際的草原
那時雪豹剛夢見
一頭剛浮出水面的藍色座頭鯨
緩緩游向剛套上紫色線衫的女人
書桌前，她正攤開手邊的筆記本
開始書寫關於這場夢的情節……

她喃喃說著：
「黑是最完美的白
　日月，行走其中。」

光之芒翼

哪些是留下來的？
手臂、挑起的眉、髮以及髮梢的香味

我們在時間的碟盤結塊復鬆軟
薄削歲月的莖葉
搓揉彼此的尾穗與液態情感

留下一點粉屑
午後的麻雀
小河撈起的雲
臨窗的夏日與麥田

曾經，我們飽滿滿佈陽光
芒翼狀通透麥桿

被時光篩漏的臉流入夢的碗
手臂、挑起的眉、髮以及髮梢的香味
重新堆積出眼睛、耳朵和說著話的唇

一切不一樣了
不一樣了

雪旅

沒有溫度的光穿透血管
明亮地，我站在鏡的入口處
窗框外流動的風景
今晚在我的車廂將重複飛逝

鳶尾花鏡裡斂翅
鏡外是曾經低空飛越的園圃
你的庭院飄起落葉
我的車廂剛埋下楓香的種子
窸窸窣窣，時間之輪奔馳

你叼起夜的煙圈吐出昨日
我該傾聽？
像面鏡子靜聽一個房間的空無？
在空無的屋子獨自返照你的斑駁
或凝視？
烈陽般親炙，黃昏
層層剝除你曬傷的昔日

我在你的眼裡讀出雪
小心翼翼避開起霧的眼瞼
瞳孔裡的你
豎起街的衣領穿上這城市的雪衣
這世界有多少背影曾經剪裁同樣的故事？

開始下雪了
我也正，正前往你瞳孔的深處

年・獸

自你的夢醒來
就開始說你的夢語
記憶中的你
靜靜翻閱自己的日曆

舊日子鉤掛牆壁
夢，捲軸著過往
時間在歲暮的牆角落款
刻骨你的印章

是誰在夢裡鏤刻年的胸椎
刀刀鋒利割開我們的五官

就這樣被時間裱褙成枯山水
乾澀彼此的歲月
逢年過節
讓獸驅離開了又關的左心房

我在夢裡為你切開月亮
許的願
應該只會在夢裡實現
「祝你生日快樂！」我說
我吹熄蠟燭，像白晝慣常吹熄夜

心房

——夜宿寶藏巖閣樓偶記

開始懂得不必詢問
是否曾經有人住過
住過，房間的角落
牆上掛過哪件毛衣
桌燈下，誰翻開舊詩集？

都別問，自己或你
保留祕密給，微風
河畔綿密的夕照
一株盛開的野薑花
暗黑中安靜發亮的路燈

將風景置放門外
別攜帶在胸口
火車般前往
每處風景發生的玻璃窗

如果可以，就像鳥吧
飛進屋子然後盤旋離去
告訴你，春天到了，就好
讓你知道星星正閃耀，就好

我們還得走更長更遠的路
心別攜帶太重的行李

老夏天

風穿過葉的針孔
縫紉一件夏的浴衣。

我在沒有你的城市做夢
夢見我們並肩走過許多輿圖
我伸出手觸摸這些城市
像光在葉縫尋找間隙
投下破碎的影子

我們習慣蒐集破碎的影子
縫紉夏季的袖口
以虛幻的字

說真實的感受
夢裡的陽光
在夢裡栽植蔽蔭的大樹
讓每個溽暑
都有陰影可以打凹每條馬路

夢裡的你
有柔軟的眼睛和枝枒狀的手臂
經常伸出手指
真切捏痛我的下午
我在我的夢裡寫了好多的字
投遞，每株你路過的樹
像投遞至你的城市

親愛的
你將會在你的，夢裡
撿到每一片葉子

朗讀陽光

陽光踱步欄杆
徒手攀岩你的心窗
山勢微巔　有愛側躺
那些隆起又凹陷的思慕
乳房般拉開遠山

陽光提筆
你是天際線外平鋪的紙張
絮語的皴法小斧
鑿出戀的耳目
愛總是耳字旁的
聽你說軟軟的虛詞

屋子的耳垂更長了
因垂掛過多牽絆

我不該耽溺這些滴答的字眼
讓迷戀漫過心的水位
讓小小的房間為愛洪荒
想逃回一個寧靜的傍晚
獨自朗讀陽光的密函
猜測信的內容
是否跟天色相通？
還是接近一個女人的祕密？

天漸漸暗了
你的臉浮現了
夜剪下紛亂貼在逆光的牆

誤讀

他們都猜錯
誤讀我寫的詩
急切簽收情緒的紙

時而憂愁
時而喜樂
當這些詩郵戳了
他們的心事

親愛的
昨夜我收到相同的信紙
邀我，反覆溫習契文的刻度

向你說愛
來回撫觸赤裸的文字

這是我寫給你的詩？
假如。刪除掉虛構，故事
會不會因此顯得過度真實？
因此，我們相愛
詩裡，義無反顧
就像每一首被誤讀的情詩

紀念碑

鐵捲門剛好
拉開半個家的高度
所有被父母裁切過的孩子
以斜角進入

那些在午夜
斜斜進入眼窩的光
緩緩刷長闇影的睫毛
有種鹹澀，只能獨自置放
味蕾，靜默或是絕望

愛是權杖荊棘為毯
日子踩過家的磁磚
擅自登基為王
半截高的衛兵
守護半截高的城邦

你們還在打仗？
牆的兩側架起砲台
烽火蔓延胸腔
炸毀各自的一半，和
僅存的一面牆
戰事不在遠方
遺址成了門口的號碼牌
供回憶隨時入門參觀

所有被時間裁切過的家
以斜角進入
靜靜拍下半截門板
緩緩拉長紀念碑的高度

秋天的謎題

長廊盡頭
秋日懸掛一襲陽光
的睡袍。十月嗜睡
擅長車縫多邊形的景窗

我摺疊你的步履
砌築街道和城垛
種樹、除草，荒野
屯墾罌粟翻浪的農地

秋天從門縫，一張張
抽出陽光的紙牌

出示。我們途經的鳥瞰圖
再也不能坐在同一張椅子了
掌葉槭揭示索羅門的謎題

鞦韆輕推老屋的背脊
長廊盡頭，曾經擺盪
那雙好看的鞋，時令
踩過起伏的槭葉

再也不能坐同一張椅子了
秋天的荒野，被日照灰階
掌葉槭、罌粟、城垛、鞦韆，還有
一雙好看的鞋

蜂鳴

群蜂黑暗築巢
我藏躲，六角形的洞穴
讓自己成為一顆安靜的卵

黑暗撕下薄膜
透光且延展性高
溫暖包覆我孵化翅膀

我知道
山谷風吹來的方向
有熱帶的花朵
正盛開荼蘼的氣味

黏手黏腳的蜜
等待我自投羅網

我蜷曲
翅膜目的軀體
長出複眼
辨別味覺
開張翅膀的，音節
等待季節
咬破聲音的繭

梔子花香味誘人
我將飛往，語言的花坊
吸允文字的蜜腺
採擷聲線的雌蕊

收集中途溢出的詩句
探尋草叢的花冠

我知道
山谷風吹來的方向
有熱帶的花朵
正盛開荼靡的氣味
黏手黏腳的蜜
等待蟲
自投羅網

旋轉木馬

穿越雨的縫隙
前往時間的艷陽
我們的歌原地打轉
等待小女孩想起某段旋律

那是老馬的夢？
一起解開韁繩
奔馳光的大草原
我們以虹的弧度結繩記事
一則毛線球的故事
自從前從前……開始滾出

你撥開密密麻麻的絲線
來到故事中心點
編織太陽成一顆火熱的鈕扣
解開夏日的胸口
時間平織無數野豔的花朵
綴飾天空的衣袖
口袋裡塞滿我們
沒吃完的糖果
青春，就輕易被糖果紙袋揑皺

飛魚和怪獸、草原與不老樹
所有未完成的句子
恣意裸露自己的彩度
這是一則夢試圖描繪自己的夢（的故事）
故事在故事的內裡
無數皺摺同時摩擦不同的囈語

停止勾針的雨滴
解開少女與老馬的韁繩
走出夢的框架
不再被故事纏繞
他們並肩前往時間的縫隙
合力拉開所有完成的字句
讓每個字重新捲回語言的毛線球
這是一則故事試圖描繪自己的故事（的夢）
從此，夢裡，他們有了自己的傳奇

童年

黃昏探視屋簷
貓躡步瓦當的側臉
是誰帶我回到童年？
巷弄景深老樹的階梯
矢車菊打蝴蝶結的記憶

貓的側臉有光的觸鬚
偵測闇黑的距離
花眠被、蚊帳內
時間澆灌少女的馬尾
日夜長高的白玫瑰

朱槿攀附石牆的深夜
外婆正記錄厚厚的流水

青春的拋物線
時光分持左右兩點
貓抖動觸鬚，喵喵
哺乳綱的話語……
牠說，別醒來
羊的故事正精彩

躍過一夜一夜的回憶
時間的亮點，不斷跨欄而馳

流光之掌

坐在這裡
看你從林間蜿蜒走來
走到我的腳踝
竟日粼粼發亮的波光

溫柔的，刺
金色的字在我身上

此生
我將不悔，刮除
小蛇盤繞

烙印肌膚的一雙
結厚繭的手掌

我（們）

二葉松

如何說出這些祕密？
譬如，山如何漫步大海
水如何飛越天空
一個部首
如何點燃一座字林的大火

每個滿布油脂的聲音
在乾寒的音節中摩擦生熱
燒裂文字的毬果
落地繁衍自己的回音

以一個聲音的死去
喚醒另一個聲音重生

說話，說話
開口說出寄居子房的霧
開口說出胚乳尖端的夜
說出每隻栗背林鴝清亮的語言
說出肩上棲息一片海洋的樹
這些聲音在火裡凍結水裡燃燒
最末滴落於一首詩的脈葉
安靜凝結

於是，我們無聲無息的愛
就這樣填滿這個季節

給十七歲的自己

夏天到了
想起你
像海風一瓣瓣
剝開浪的茉莉

整座海洋有花園的氣味
盛開深藍色的
竊竊私語
竊竊私語

我是，我是
一隻好奇的熱帶魚

努力將海的語言
翻譯成鯨豚的國字

在鳶尾花插枝
海的瓶口之前
耐心修剪夕陽的複葉
的。海的。小小花藝師傅

暮蟬

沒有人知道，風
其實有七個孔
當它吹過每株六月的樹
皆發出震耳欲聾的回響

這些聲音
穿越四色樹與風鈴木
金露花與馬纓丹
穿越杜鵑葉蜂的翅膀
穿越吉丁蟲的甲殼
停駐，你的耳廓
鐮割夏的田野

親愛的
曾經有那麼一個季節
我動用，如此龐大的音量
讓每道風貼著山的耳朵
產卵

留下

親愛的
當這些字離你而去
不是我不再愛你
而是愛已過度

我留下
字裡的眼睛
繼續注視著你
字裡的唇
繼續說不切實際的話

耳朵傾聽你的筆
在紙上沙沙移動的聲音
無數睡蓮綻放紙面
漣漪無數，無數轉身離去

留下鼻，吸吮我的氣息
留下手，繼續寫字給我
留下腳，步入我未曾抵達
留下你，成為我們自己

我將用留下的指尖，滑過
滑過所說過的每一句話
滑過漣漪無數的離去
抵達，你的留下

水芙蓉

我對著河流注視很久
於是，我的臉
漸漸沒入水中
我看著，我的臉
慢慢，長出水草與浮萍
漫漫，游過幾條魚
蔓蔓，綻放出碧綠色的雲

雲的瞳孔，倒映月的表情
幽憂而喜悅的花瓣，有光

親愛的
請撈起一些光
打濕你的眼睛

如果希臘有艘船

——小徑民宿

夢是螺旋狀的甲板
星星拾級而上
在漂流木的階梯
盤旋，時間的紋浪
以小學生的坐姿盥洗清晨的海洋
漱刷舌尖的苔與河流成廣闊無垠的藍

我們交換彼此的獸
豢養曲折的家
夜裡休憩的不是旅人
而是我們躲匿已久的那隻貓
叩門的，除了自己，還有背包裡的熊與森林

我們的徑　小小的
僅容童年與海盜路過
去找尋安徒生埋藏敏感的角落
於是，玫瑰像流星一樣可以實現願望

如果希臘有艘船
夢划槳　用一棟房子航向太平洋

時間

所有季節
都在時間的腋下長出花苞
對生鳥獸
織型每一朵雲
風，撥動每根停駐枝頭的指針
滴答，是霧是雨是露水是指針上的一顆圓珠
滾動一片荷葉
滾動一池湖水
滾動一個山谷
滾動，季節的齒輪
而鷹鴞是不動的

回音也是
時間的左手臂也是

所有時間的咽喉都沙啞了
在回音不斷叨念，叨念自己的名字

我赤手拔除所有分針與秒針
扒光樹的葉子
扒光樹的果實
扒光所有婆娑的夏日
扒光，棲息夏日背脊的蟬聲
蟬聲裡的鼓譟與靜謐
鼓譟與靜謐中的溪流
溪流流逝的枯葉與毬果

像毫無保留的枯枝
我等待，冬
敲擊我
鐘擺一樣重擊著山谷

野蜂

一隻蜜蜂
飛進我的花圃
停在即將綻放的花枝
繞過食指，採集
每個甜蜜的字
我在每一行的間隔
種植不同的樹
讓每個字為我們釀出不同的詩

蜜蜂在我的指間
飛進飛出
有時穿過柳丁樹

偶而飛入烏桕叢
或戳破我的紙張
飛進另一首詩

我在你的名字下方
蓋了一座隱祕的蜂房
當這些字飛至遠方
你會聞到，我指尖
正栽植的奇異花香

三月

濃霧、杜鵑、遠方越漸模糊的稜線
春天經常使用慣用語
山泉深處腹部發聲的子句

被時間研磨成粉的三月
有焦糖口味
杉樹的影子，被倒進雨裡
攪拌一池奶蓋綠

我想起了你
或許，其實，沒有想你

我們的影子
筆直走進雨裡
再也沒有任何一個字句
可以徹底淋濕我們自己

紙娃娃

——兼致相思寮失去祖厝的農民

剪下棉被
剪下冰箱
剪下蓮蓬頭
剪下沙發

剪下棉被裡的床
剪下冰箱裡的廚房
剪下蓮蓬頭下的浴缸
剪下沙發旁的一盞燈

亮著燈的夜，在夜裡剪下我
紙娃娃低頭，在夜的厚紙板黏貼一個家

漬山櫻桃

我渴望進入泥土
進入潮濕溫暖的泥土
蜷縮愛的睡姿，醃漬日子
春天哺乳一座山
讓山櫻長滿緋紅色智齒
吸吮風的乳房，輕咬你的肩膀
滿山遍野都生了嗡嗡的孩子

雲也萼鐘狀，開五瓣，撐開香味撲鼻的傘
傘下，你的睡姿有糖釀的果實，夢很甜，影子很長很長

蔦蘿牆

灰黑的陰影
還來不及寫下
就被陽光帶離

沒有人知道，蔦蘿
曾攀附這面牆的雨後
留下淡褐色的日照
也沒有人知道
小男孩的手
曾從遠處偷偷觸摸
被陽光拉長的，她的小指頭

蒐集沈默與陰影的牆面
寫過許許多多光亮的字體
成千線條糾纏的祕密
亮光與暗影中不斷磨利自己

有些字
越磨越亮
有些字變得扭曲
有些字
自行放大縮小
有些字一去不返

親愛的
我也曾在這面牆，寫下
幾行歪斜顯得稚氣的嘆息

被陽光捲去，又推回
藤蔓凌亂的字跡

藍雀

我喜歡詩
但厭倦成為詩人
我喜歡大海
但無法變成海豚
我喜歡風
但難以掌握春分
山茶的花開花落
我喜歡你
但不想成為你的愛人

讓全部的壞念頭都在詩裡變乖
全部的愛稀釋雲杉的薄霧

雙腳踩在森林的肩膀
試探山的重量
用薄薄的愛，覆蓋
停駐針葉林尖端的羽毛
取暖

爾後

你必須／幾乎迷路／以便（如果／找得到）幾乎／被找到。
——A.R.Ammons*

幾乎
就要碰觸了
在語言稀釋成意象
之前

幾乎
就要抵達了

* 這段話是二〇一四年郭強生與陳育虹在〈文學相對論〉《聯合報》內提及A.R.Ammons的詩論。我覺得十分有趣，因此便據此寫了此首小詩。

在必要的迷途
假設的岔出
意圖的逃離
之後

而幾乎（我）
就要愛上（你）了
在告訴你不愛與告訴自己愛，之間

無題

就這樣消聲匿跡
潛伏在時間的縫隙
影子，往趨光的方向發芽
壯碩些鏽蝕的記憶
和語焉不詳的情感
越稚嫩越困難

中間還要練習飄浮
讓心扁平著綠意
在截彎取直的字句
不相干的河域
交會波濤的雨季

往前是海
往後是溪

在你的河域，漫游
如蟲、兩棲生物，卻不是魚
潛行，立夏表皮的浮萍，的浮萍下藏匿的水蜘蛛
為倒映月的殘缺，結網，捕獲一絲絲微亮

（我們）

大城濕地

——反國光石化運動

春耕　夏耘　秋收　冬藏
日漸肥碩的蚵粒粒飽滿
日月在大海和陸地之間
播灑聆聽的耳苗
聽潮汐輕壓濕地的丹田
唱出催眠的鷗鳥
酣睡，濁水溪多汁的胸脯
一畝蚵田是一群嗷嗷待哺的稚子

一瞑大一寸！
酣睡中的孩子
讀罷大杓鷸的冒險故事

蓋好白海豚宅配到府的春日
海浪推動潮間帶的搖籃
夕陽將夜燈捻暗
招潮蟹是嬰兒床的玩具吊飾
橫行夢的泥灘

一暝大一寸！
酣睡中的孩子
安穩睡去便是最美好的茁壯
沒有工廠在窗前排放甲醛和環氧乙烷
沒有管線在母親乳汁添加乙烯和甲醇
沒有財團在海岸架設火種炭燒整座海洋
只有，只有海王星靜靜犁開夜的田埂
讓月光裸足
讓美好的夢有了抵達的道路

春耕 夏耘 秋收 冬藏
日漸肥碩的蚵粒粒飽滿
世代逡巡月亮的孩子
穿戴祖父龜裂的手指
揮鞭馳騁浪滔的竹筏
一代接著一代
奮力將大海犁成豐收的糧倉

沒有汙水灌入彈塗魚的洞穴
沒有廢氣將白鷺鷥的翅膀燻黑
沒有懸浮微粒遮蔽高蹺鴴的飛行視野
只有，只有關於如何將夢曬成古銅色
讓海岸裸身斜倚月彎
讓未來的腳，涉步這片種植著夢的家鄉

新生兒

一座海洋，湧動
在我的身體

我知道
我將運行宇宙
的祕密。藍鯨與蜂鳥
此刻正做著同樣大小的夢
世界上最巨大
也是最微小的聲納

卷層雲伸出觸角
摘採海面的花蜜
嗡嗡下起傾盆大雨

豆響的雨滴將盛開
一朵又一朵，土耳其藍
的波浪。深邃湛藍的花圃
有閃電與雷擊的孩子
含苞待放，世界的芬芳

一座花園，綻放
在我的身體
一波又一波的馨香
日夜拍打子宮的堤岸

我知道
我將運行宇宙
的祕密。藍鯨與蜂鳥
此刻正做著同樣大小的夢

世界上最巨大
也是最微小的聲納

造字運動（Rap）

一起搬動這些字吧。造山般搬動山和海洋。飛鳥在珊瑚叢裡築巢。魚游向針葉林的樹梢。我在水裡說話。以皺褶的語言說出愛的風暴。將你摺進我的板塊。於是。你的眼睛你的嘴唇你的耳朵你的眉毛你的。聲音的鰓。正呼吸著我的大海。阿利根尼。臘拉米。冰島。夏威夷。頁岩。玄武紀。中洋脊。聲音的地熱沒入你的地殼。搬動這些愛。游向針葉林的樹梢。珊瑚叢裡築巢。以皺褶的愛說出語言的風暴。而我們。我們的山和大海。魚和飛鳥。將裸身於字的海床。彼此擁抱。

聽葛莎雀吉

我不知道
你來自何處？
我不知道
你將前往何處？

我們相遇，於此
一個聲音的起始
一首詩的結束

你的歌聲，像雀鳥
啁啾。無從得知似曾相識
有時，是吹過耳際的風

有時，是雲岫簪劃過肌膚
無痕卻時刻縈繞
斂翅、停駐、跳躍、啄食
然後飛離，飛離我
胸肋枝蔓盤錯的桂花樹

你不知道
我來自何處？
你不知道
我將前往何處？

我們相遇，於此
一首詩的起始
一個聲音的結束

夏日腳丫子

夏日的腳丫子來到玄關
推門進入，一座海洋

蛙鏡、比基尼、熱褲
衣櫥的碎花布
款款綻放，魚的脊椎骨
眠床的沃土灑滿波浪的種子

就是這樣的夏日
貓盤據視窗
偷偷窺視我的水族箱

小丑魚游過破舊的吊帶褲
我的肩膀拉開兩道陽光

夏日的腳丫子
已經來到玄關
推門進入，一座海洋
巫婆、咒語、紅珊瑚
童話故事裡
種了好久的人魚公主

就是這樣的夏日
貓盤據視窗
偷偷窺視我的水族箱
小丑魚游過破舊的吊帶褲
我的肩膀拉開兩道陽光

水鳥的故鄉

——新港

我在時間的羽翼
轉述你

春日水田
剛發芽的小葉欖仁
風是小白鷺，群居
草澤裡的雲，一朵

我們許久不曾飆速
探測彼此背離的速度
但，始終，會有一棵樹
為我們保留巢穴的位置

天空寬闊而晴朗
振翅，便有風聲
自雲層灑落大把陽光
高山、沙漠、海洋
他方不再是遙不可及的遠方

我們飛馳
我們競技
我們翱翔
手握預言的航海圖
航向雷達難以探勘的中繼站
在豐美的雲林莞草浪
卸下，滿載的小行星和捕獲的異鄉

我在時間的羽翼
轉述你

我們許久不曾飆速
探測彼此背離的速度
但，始終，會有一棵樹
為我們保留巢穴的位置

野地

在我寫給你的詩句
間隙。有一小片綠地
（住著一位少女）
野生我們的甜言蜜語

雜草蓬勃抽長
鳥獸自由來去
荒野生的果子可隨手摘取
落地生根自己的靈魂
冬日有牛鈴與黑面羊
懶散，阻擋路中央

詩人說：
「想念是種放牧適合獨居
而未說的。比說出的更具生命力」

所以，我們安居
安心住在每行詩句
（的草皮）。以海風圍籬
耕植釀酒的葡萄樹，嫁接
日益繁衍的愛與別離

在我寫給你的詩句
間隙。有一小片綠地
住著一位少女
詩人說：
「想念是種放牧適合獨居
而未說的。比說出的更具生命力」

大肚溪口溼地

夏天回來了
理應有一座海開始解凍
奶昔舢舨的海風

我們也該寫首孩子氣的歌
跟大海比賽，蓬勃
陽光隆隆
發出震耳音響
海卻只是輕聲細語的說
風的柔軟……

「你願意讓我棲息，
　在你詩句的某一行溼地？」
小雲雀注視著我。

回來吧，巴鴨
回來吧，彩鷸
回來吧，白頭翁
回來吧，蒼燕鷗
我們的海，清涼無比，正冰炫風

夏天回來了
理應有一座海開始解凍
奶昔舢舨的海風

我們也該寫首孩子氣的歌
跟大海比賽，蓬勃

陽光隆隆
發出震耳音響
海卻只是輕聲細語的說
風的柔軟……

風景（路過）

你。路過別人的風景。我留下，自己的眼睛。

黑貓（書寫）

書寫。常常必須像貓兒。孤僻且輕手輕腳。偶而，向時間的主人撒嬌。

高美溼地（藏鞘）

盛夏濕地的夕照，火槍鍛鐵般炫目。嚴冬冷調的河景，卻是銀寒兵器藏鞘。

山木樨（植夢）

每個夜晚，我赤腳步入你的夢。在你的夢裡，默默種植自己。
山木樨般，開滿你的小巷。

羊蹄甲（放羊）

春天的蹄，踏入雨季的曠原。
我們都是放羊的孩子，向狼扮了好幾次鬼臉 xd

夏雨（下雨）

天空下起豐收的雨，夜踏動打穀機，敲響我們城市的鐵皮，將仲夏的雲研磨成金黃色的穀粒。

湖心的夜（打水漂）

我向夜的湖心，投擲一塊小石頭。
夜回擲我，滿天餘波盪漾的星群。

梟（肉食愛）

浪跡的梟鳥，終返回心的關隘喘息。
愛是肉食性的飛禽。嗜血、兇猛，並擅長掩飾目的。

夢（沒有鑰匙的）

夢可以傷人？被夢割裂的睡眠，再也無法在現實中復原。
因為，我們再也沒有機會。回到夢裡，醒來。

像蠶一樣，我們（的愛結繭多年）

風骨牌城市的棋盤，人行道依序穿上落葉喬木的毛線。繽紛墜落的十二月，是蛾為了織就春天殉身日晷。

像蠶一樣啊，我們的愛結繭多年。

夏螢（數羊兒）

月亮牽起繩線，夜遂逐次跳過白天。床單盡是摔跤的羊群，被夢的橡皮圈絆倒整座墓園。

落了滿地的星星，風剪樹叢裡，提著發亮的夏天。

馴服（催眠）

輕撫臉頰的掌溫，瞬間安撫了獸的暴怒。原來愛是催眠性的字眼。每句話都提著晃動的懷錶，要你闔上眼瞼。不再毛躁的獸，溫馴鎮靜，自動走進愛的牢籠。

夏荷（煎荷苞）

敲碎月亮對角的烏雲，荷葉盛滿鮮黃多汁的月影。

一朵荷花輕輕，將整個夏季翻面。倒映繁星點燃文火，微微熟透夜。

金牛兒的（夏劑）

夏的劑量越來越重，蟬卻夢見自己將活過冬天。
如何嘶鳴而不沙啞著自己的夢，拉長一輩子的歌聲，獨自唱響寂靜的山林？

你的名字是舌尖上的薄冰（致Marina Tsvetayeva）

捲曲舌尖的根鬚，向清晨的河岸探出幾個翠綠的字，將你寫在水上的霧。

一隻白鷺飛過你的姓氏，試圖擦拭海的琉璃瓦。

詩意（黑蕾絲）

我想像字裡行間疏落的音節，在語言皙白的頸後鏤空。黑色蕾絲般，
裸露出文字的背。
每首詩是如此性感，如同語言一向不適宜多穿。

秋思（紫藤）

懸掛時間之牆的藤蔓，攀爬名之為無端的根莖。青紫色的蝶，在流動的瞳仁成排翻飛。

我的心密生絨毛，成為初秋午後，一脈安靜燦爛的莢果。

紫雲木（落雨）

我時常聽見細微的聲響，你下起整夜的雨，落在我的身體裡。烏雲密佈的清晨，有些什麼，又向下扎根了一點點。是介殼蟲的動向，還是蜜蜂的班機？

白瓷燒（齒痕）

咬你，用白瓷窯燒的乳牙。讓你微微疼痛，卻不留下任何傷口。
從此，你的肌膚，有了兩道雪白刮滑的齒痕，冰涼且帶著冬季蝕牙的甜。

閱讀（海釣）

時間拋灑釣線，一隻拱背的貓，專注凝視書的海平面。優游自在的蝦蟹，鑽進鑽出語言的洞穴。等待許久的貓，瞪視柔軟濃密的海藻。伸出爪子，迅速劫獲一行未被污染的詩。

紫丁香（悄悄話）

親愛的，這些詩都是無害的。她們默默長在牆角，像朵熟識卻叫不出名字的花。不願喧嘩，獨自長大。

偶而，只是偶而。忍不住貼近月的耳朵。說出，徹夜難眠的悄悄話。

圖書（館內的北極熊）

亞熱帶的高溫被冰鎮館外，書是櫃架間活蹦亂跳的魚貝和蜂蜜。
我是隻白胖的長毛類，冬眠前，拼命挖空冰櫃，準備，養肥腦下腺。

花道（思流）

時光瓶中，日漸萌芽的思念，插枝心房，抽長成一首情詩的脈葉。
倘若，香味可以養大春天，一朵馨香正含苞待放，意圖充滿你的眼。

豹皮（為你讀詩）

你正讀著我為你寫的詩？咀嚼一個聲音，像咀嚼一種騰躍的姿勢。或聆聽，風掠過灌木叢的雷鳴，閃電千萬株花開的樹。傳入耳膜，是鼓錘敲擊這詩的獸皮，豹紋身過的，繃緊整座森林。

冬日濕地（遺神）

薄光步行其間，連神都輕聲細語的六月。時間被記憶的犬齒咬碎，散落灘地，時針與秒針的餅乾屑。

我多麼想安靜，在此度過每個慵懶的下午。像隻蟻，緩緩搬動時光的碎屑。如同海，日夜不斷搬動每顆沙粒。

雨夜（臨檢愛）

雨在窗外疾走。夜奔馳而去。你的聲音存在已久，只等待一個手勢將它敲響。快步踩過我的枕頭，每條溪流都有酒駕的魚游過，在最深邃的夢境被愛臨檢。

其實我常想起你，雖然我不再對你說黝黑的話。但總在雨滴敲擊夜的屋簷傾刻，在夢裡，提早為你下完整座海洋。

網撈（對你說過的話）

有時候，我強烈感到你就在我身邊。看我鍵下每個字母，每個音節瞬間彈出螢幕，落入你的網頁。

像名遠洋多年的水手，你打撈這些句子，刮除聲音的鱗片，放進自己的海域。

對你說過的話，游不回來了。

沙棗（燉）

風沙裡，沉睡多年的果核，被你的愛灼燙。灼燙著，崑崙山終年的冰川。此刻，一個盛夏的盆地。盛滿，塔克拉瑪干的胡楊林、野兔和法顯足印。也盛滿，危危顫動的愛情。

你是陽光是雨是四十五度的雪坡是猛烈的風與聲音。冰川即將崩動，即將白龍即將松雪即將坍塌我所有世界。

沙漏（的曆法）

當我在黃道十二宮，尋找戀棧的曆法，屬於我們的歡樂早已隨沙漏轉向悲傷。

愛情放火焚燒時光。時光被切割成段，按件計量。多一吋的眷念，流向少一吋的厭倦。

往相反方向傾瀉的細沙啊，原是堅硬的，石頭。被歲月擊斃。

紙的粘土（夢蝶）

捏塑一隻黃斑蝶，在掌心搓揉蝶的身體和四肢。搓揉的過程，憶及一個人和他的荒原。蝶的觸鬚彎曲，如新生葉片的捲度，所以，便將觸鬚塗成綠色。將翅膀沾上黃色的斑點，用別針別在海馬迴的帽緣。他，便棲息在她昔日的荒原。

大肚溪口溼地（貓眼）

我不能再依賴，你的眼睛，閱讀這世界寫給我的信。你的眼睛幻化萬千，闇黑中放大光的筆尖。削尖的光線剔透、冷冽，霞光滿佈貓眼。我要以這光的筆尖，勾勒出夜的軸線。在白眉燕鷗開始鳴叫之前，預先唱出大海的歌。

磨碎（神的鉢）

神意旨磨碎記憶。將春天磨成花的泥巴，將吻磨成兩瓣唇，將四目交接磨成渙散的眼，將說過的話磨成走石飛沙。

我們怎樣磨碎愛？將你我倒進生活的鉢，用力搗碎時光的骨頭。磨碎祂的指甲，磨碎祂的腳趾，也磨碎這張面容。粉末狀的愛，容易飛散，也容易溶化，消逝於時間的透明液體。

窗簾裡的花（彈奏寂靜）

經常在書寫半途，忍不住停筆。靜默看著陽光，從窗外灑向花布，澆灌窗簾裡的紫薇。這是神的花圃？我想著。

許久以前，我也曾在同一個窗口寫詩給你，彈壓著愛的字句而感到幸福。

陽光在我的書簽，遊走。偷偷運離我們的甜膩，交頭接耳鑽入窗簾茂密的迷宮。

念（新增文件）

這是一個祕密。有關怎麼將你藏匿於數百個檔案夾，隨時點開或儲存思念。
複製你的鈕釦成為詩的標點。想對你說的話，便縫在詩裡邊。
這不是一個祕密。所有冬日穿戴的大衣，此刻，都扣著醒目的句點。
等待上線，即時傳送戀的新增文件。

節氣（字轉）

聽你說話，在你的聲音裡字轉。光一樣，照亮我陰影的另一半。你知道，詩也有節氣變化？書寫我們的那一行，正走到哪裡？驚蟄、芒種、白露、霜降，這些亙古的詞彙正圍繞你，運行每個字的重量。我知道你在那裏。朔望，南方。我卻北往。獵戶座的腰帶，斜斜緊繫策馬夜空的月亮。

平行宇宙（星函）

密封信紙的墨跡，沉默貼伏夜的星空。億萬年前的光，自遙遠的星球攝入閱讀者的水晶體。

雲打印天空，在宇宙的截角蓋上郵戳。比氫氣還輕，隕石還重。氣旋你的眼球，燃燒我沿途書寫的殘骸。

億萬年前承諾過的光芒，穿越層層大氣，流星般殞落。投遞在一畝荒耕的眼角膜，讓寂靜簽收。

情詩（溶化光陰）

我在信裡，尋找許久不見的你。詩的筆漬，被抽屜冰封成萊姆口味的甜品。挖一球你的姓氏，淋上我的名，紙張是麥芽色薄脆的愛情。咬一口詩裡的字，吞下所有寫著愛的信。信紙裡的你，皎潔青春，容易被歲月溶化的冰淇淋。

「你還在同一個巷口，等待我的信？」我看見穿著球鞋的你，在我的信裡不斷往前奔馳，將一個愛字踢向遠方，消失在城市的某個信箱。

LAG（愛情病毒）

太多情感擠在同一個心的伺服器，太多無所遁逃的語彙連線要求，詩處於單網頻寬侷促的窘境。文字LAG節奏LAG形與象LAG。

中了愛情病毒？執行情緒的同時，開啟太多回憶的應用程式？心房配備等級過低？

所有生活的LAG都指向一個最簡單的原因——病毒太強的你，防護系統太弱的自己。

脊索動物（鳥語）

想說點什麼，在這樣寂靜的夜晚。穿過韓國草皮與七彩鈴蘭，在夜的走廊聆聽遠方。有一種鳥夜裡不睡，貼伏肋骨的林蔭唸涓涓不息的溪水。我們都相信，對這世界的讚美，脊索動物說出口的遠比人類動聽。

你不知道我一直都在，在暗處靜默聽著你說出的每一個字。每一行停駐胸肋的詩。就讓我們像那隻脊索動物，以世界無法理解的語言繼續說，屬於樹與樹的故事。

憶（安徒生的魚）

寄給你的風景慢了幾個色階。在你草木蕭索的視網膜，我為你，遞來去歲的珊瑚礁、夏日的音樂祭、修剪成一隻貓的自己。蹲踞屋瓦，舐舐帶腥味的回憶。

你在時間的冰櫃凍結鯨豚，雪白一座島嶼的海岸線。那些凍結的濤浪，形成奇險的青春。斷崖般，讓日子驚嘆卻難以攀登。

曾有船隻在巷口出現，左右我的路，讓雙腳不知不覺長出了尾鰭。

地圖（複製貼上）

路過你的行道樹，將你的樹影移植至我的城市。在你的座位閉目，觀看同一部電影的不同場次。喝你喝過的咖啡，帶走我熟悉的氣味。在你的書桌翻閱每本書的空白頁。

路過沙灘，移走海浪。留下椅子，帶離溫暖。我跟在你走過的路、橫跨的橋、飛越的地平線，由點而線而面而空間，搬移你的腳步和視線。

重新。在我的城市種下一棵樹，翻開一本書，打造一座電影院。擺置數張椅子，貼妥海鳥的位置，串連不同地標的打卡路線。知道？這便是我們相遇又同時錯過的地圖。

白貓（豢養愛情）

發現，所有豢養愛情的語言都無濟於事。再美的訴說，也無法消除空無的事實。當我想起你，它在屋簷徘徊靈巧躍過我的詩。用口舔淨殘餘的魚骨或魚骨中殘餘的海，的澎湃。不假思索的愛便輕易溜滑下來。落入碗盤或漁網，掙扎著刺與情感。

我嘗試垂釣浪潮，讓澎湃湧入空寂的心房，在心房注入盈滿的月亮。滿潮的，不是西海岸，而是我的左胸膛。

但再美的訴說，也無法掩飾空無的事實。一隻貓，叼走一些憂愁，自我的胸口，離去。

海的甲骨文（愛讓敘事進化成詩）

因為遠離，所以思念。愛讓敘事進化成詩。為此我開始學習造字，拓印海的象形成藍色的甲骨。放逐不再是流浪，而是心沿途築屋。相遇的部首，剛好。你喜歡希臘，我偏愛藍的筆劃。用旅行的逗號劃分家的長句，句子與標點符號同樣亙古。

寫詩，為此攸關如何將一個方位換算成七個季節。或是，之於倉頡如何與希羅多德辯詰舊事。

每當我索愛無度，必定是翻閱過多情感。從索引到註釋逐頁尋覓你的字形，就像海翻閱整本字典，尋找一個「船」。

象形（卜辭）

文字的碎片在紙上重新排列，像古老難解的圖騰。密碼般的我們，是否轉往對的方向，或是離正確數字更遠？我在書桌前鍵下每個應運而生的聲音，將你保留在尚未被輕易發聲的部位。古老的象形一字一句還原，在我為你書寫的文字草原。

你知道？關於語言，從來沒有一個字僅僅只是一個字。每個字都蘊含山川日月，每個字都可以豢養牛羊季節；每個字都曾在一首詩裡的天窗仰望星空，在每段被書寫句子的早晨中安眠。

因此，每首詩的書寫過程都是一次又一次文字演化的回溯，讓每個字退化至剛剛被創造的樣貌，原始草莽且滿佈雷電。至於尚未被說出口的那些聲音，瞬時殘酷，瞬時甜美。我們都忘了，「疼」這個字是病態的，而「愛」則經常伸出雙手緊揑住戀人的心。

愛與詩，及其反叛的聯盟：姚時晴《我們》讀後

虎尾科技大學教授　王厚森

時晴的新作《我們》即將出版，邀我為她的詩集寫幾句話，無奈詩的美好總難以用寥寥數語說盡，於是饒舌（殷勤）的寫下這篇文字以及一首讀後詩。

《我們》是時晴獲得二〇一三年國藝會創作計畫補助下的成果，〈後記〉裡她提到最初有兩個設計的主題：一是對古典聲韻的再發現與再想像，也就是藉由對古典詩詞的閱讀與省思，從中發現、創造語言的獨特性；二是藉由詩與歌的跨媒介互文（intertext），從當代流行歌裡找到可以學習、仿效的對象。後來，她又進一步從中國古代的「詞」，觀察到聲律、平仄的安排方式，並從詞牌的書寫樣貌得到啟發創造出所謂的「倚聲詩」。從這三個主題的設定我們不難理解，

時晴為何在詩集序裡用了不小的篇幅，談論詩的語言形構及其建築的問題。

在詩創作的這條路上，時晴一直是一名相當具有自覺性的詩人。這或許與她的外文背景，以及對西方文學、藝術、建築理論的深切掌握有關；此外，作為一名詩刊的編輯與虔誠的創作者，對書寫相關議題的思考與掌握，本來就是一項重要的功課。她在〈自序〉裡所提及，詩和語言的有機概念與建築想像，相當受惠於英美新批評與結構主義理論中，將詩視為是一個有機矛盾統一體的概念。這樣的理念認為，語言的建築始終努力尋找一個最完美的形式，展現詩、打造詩、創見詩。只是，在屬我們的這個時代，詩與現代主義的宏大敘事（*grand narratives*），已逐漸被簡約與減法的美學所取代。簡約是一種精密的縮減，同時也是有意識的去蕪存菁，或是回歸到語言的純粹性，以及創作的原初去做思考。在這樣的基礎上，詩的寫作及其展現本身，往往也是詩本質與詩藝的陳述、考掘與反叛。

在〈自序〉裡，時晴還談到這本詩集裡經常出現的一種類型，即情詩的書寫。誠如她所言：「所有詩創作中，情詩最是傷人，也是最動人的書寫題材。」而她自己從《曬乾愛情的味道》（二〇〇〇）、《複寫城牆》（二〇〇七）以來，也都將愛情納為詩創作裡核心的一環。這裡頭有作為一名特別有感的女詩人，對親情、友情、愛情虔誠的記錄與書寫；也有從情感出發，去測量詩與情緒起伏波動之秘密的警覺和設想。此外，詩人在序言裡沒有談到，這本詩集密切經營的另一個主調，是對臺灣這塊土地的描摹以及保護運動的紀錄。做為一名從彰化出發的詩人，時晴的作品有其具本土性與批判性的一面，加上她在小草藝術學院為臺灣本土所做的努力，也讓「我們」這樣的一個集合名詞，成為這本詩集的名稱，以及迴旋其中的溫暖主調。於是乎我們會看到，〈我們的島〉成了這部詩集的首作。在這首詩的開頭，詩人以「（群山紙鎮大地／森林磨墨／大楷寫出潺潺流水聲）」俯視大地，用原民的視角壯闊、靈動地展開，對臺灣地理和百年歷史的品讀與省思。詩的末尾，她說：

而年輕的詩人正夢著……
（夢從未如此香甜）

一尾櫻花鉤吻鮭逆游史冊的河流
從雪山出發的魚
將從大海，再度游回森林隱密處的小溪

以臺灣國寶櫻花鉤吻鮭的逆遊，點出臺灣人走過篳路藍縷乃至於勇闖島外，走過千山萬水後想念的仍是這島嶼最原初的美好。同樣的，在〈暮蟬〉、〈時間〉、〈紙娃娃——兼致相思寮失去祖厝的農民〉、〈漬山櫻桃〉、〈大城濕地——反國光石化運動〉、〈大肚溪口溼地〉、〈高美溼地（藏鞘）〉、〈大肚溪口溼地（貓眼）〉這些作品中，我們都可以看到詩人對島嶼的記憶及其未竟之詩。其中，女性獨到、細膩的觀察，溫婉牽動著讀者的思緒前進，讓詩成為島嶼步履中神秘與上揚的主聲調。

在詩集中更居於主角的，還是情詩的書寫。不固定的傾訴對象與道聽塗說的故事，往往成為詩人隨手取得的素材。當曾經真切的痛，紛紛轉化成手中發燙的字句，那麼「陽光提筆／你是天際線外平鋪的紙張／絮語的皴法小斧／鑿出戀的耳目」（〈朗讀陽光〉）的疾呼之中，自然也可以宣示：「愛是權杖荊棘為毯／日子踩過家的磁磚／擅自登基為王／半截高的衛兵／守護半截高的城邦」（〈紀念碑〉）。愛是守衛，也從來不是守衛；愛是佔有，但更多時候不是佔有。時晴從不避諱經營一些看來青春洋溢的題目，諸如〈光之芒翼〉、〈旋轉木馬〉、〈給十七歲的自己〉，這或許說明了，每個詩人的心中都住著一個小女孩（小王子）；同時也都樂意於在自己私密、狹小的房裡低聲陳述：「親愛的／昨夜我收到相同的信紙／邀我，反覆溫習契文的刻度／向你說愛／來回撫觸赤裸的文字」（〈誤讀〉）。這樣的愛，是單數的「你」／「我」，亦是複數的「你們」／「我們」；既是如此的私人、隱密，又同時向整個宇宙張開。這也是〈二葉松〉裡這幾行詩所要表達的：

這些聲音在火裡凍結水裡燃燒
最末滴落於一首詩的脈葉
安靜凝結

於是，我們無聲無息的愛
就這樣填滿這個季節

慧心的讀者其實不難發現，在這本詩集大多數的作品中，愛與詩經常悄悄地結盟：愛經常是詩，而詩也經常是愛。然則，在愛的飛翔式裡，這部詩集裡的詩作更多寫的是「詩」。這些作品有些屬於比較嚴格意義上的「論詩詩」，有些則是詩人忍不住讓詩與詩人現身，授予語言以玫瑰的桂冠。我特別注目〈致辛波絲卡〉、〈藍雀〉、〈爾後〉、〈造字運動（Rap）〉、〈野地〉等作，這些作品裡時晴嘗試與詩和詩人對話，表現出她對詩創作的極度自省。其中，我尤其喜歡〈野地〉裡，以重複呈現的這三行詩句：「詩人說：／『想念是種放牧適合獨居／而未說的。比說出的更具生命力』」。詩與生命的美好，經常也正是在那未完成、未說出、未唱完的部分。詩人戮力鍾打語言、恣意精妙演出，總也是為了讓「你。路過別人的風景。我留下，自己的眼睛。」（〈風景（路過）〉。有時，被遺忘與被記得同等重要；而詩之所以迷人，也就在於我們為這兩者，同樣都提供了想像與構建的空間。這些年來，其實我也相當於熱衷書寫所謂的「讀後詩」，此一與詩共謀、反叛的企圖，我想時晴亦了然於心。

詩集的後半部，收入了四十四首「倚聲詩」。這些作品專注於思索音韻、節奏，同時模仿詞牌為作品取了或明或隱的題目。在我看來，這並列與隨之加上括號的題目，經常扮演互相對話、共謀，乃至於彼此瓦解的角色。像是〈海的甲骨文（愛讓敘事進化成詩）〉，題目本身可連綴成為一個詩句，而括號的存在讓彼此的關係，更像是一種降靈會或是腹語術。時晴從古典詩詞中找尋靈感的作法，頗像這些年學界積極談論的抒情傳統現代化議題，只是她達成的效果卻更貼近後現代的多元敘事。諸如〈白貓（豢養愛情）〉、〈地圖（複製貼上）〉、〈LAG（愛情病毒）〉、〈念（新增文件）〉、〈窗簾裡的花（彈奏寂靜）〉、〈磨碎（神的缽）〉，讀者光是將這些題目拿來玩造句與連連看的遊戲，就足以創造出豐富的解讀空間。至於散文詩的寫作形式，則讓這些作品獲得更綿長敘述的可能。這也是〈象形（卜辭）〉中，詩人所意欲表述的：

你知道？關於語言，從來沒有一個字僅僅只是一個字。每個字都蘊含山川日月，每個字都可以豢養牛羊季節；每個字都曾在一首詩裡的天窗仰望星空，在每段被書寫句子的早晨中安眠。

在詩中安眠，在文字裡頭安眠，作為或成為一個詩人的幸福，於焉存在。在詩的創作之路，我歡欣於能有時晴這樣的「戰友」，一同向詩的奧義殿堂前進。在這篇小文的最後，附上一首讀後詩，並企盼在詩的道路上，一起加油。

星空、木馬與愛的蕩劍式——姚時晴《我們》讀後

虎尾科技大學教授　王厚森

0.

我們是經常的愛與詩
牽掛與不牽掛
那些時刻相互融入
咖啡、抹茶
以及巧克力的
濃蜜陷阱

1.

臨窗夏日
每道熟悉的門窗背後
乾澀過的時間緩緩飄落
剪裁的虛詞
傾斜郵箱裡沒有郵戳的信
都曾是
（星空）的密碼

2.

在童話與囈語中奔馳
所有
未完成的彩度
遲來的音樂中

（旋轉木馬）兀自轉動
且填補青春
未完的縫隙

3.

有溫度的街道裡
被裁切的號碼牌殷切轉述
厭倦即將成為
遠方的
每道閃電

繞開那些佈局
而你必然轉身
在關鍵的每個轉角學會
（愛的蕩劍式）

0.

我們經常不是
愛與詩
是漣漪無數
指尖滑過季節裡的
小齒輪

總想像
雲一旦風清
蟬不再如溪流鼓譟
那登陸木麻黃與紫藤的
最後一顆
會是怎樣的種子？

後記——每個詩人心中，都有一首未竟之詩。

詩集《我們》創作計畫於二〇一三年原先提報給國藝會的企劃書內，設定兩個探索主題。一是古典聲韻的再發現與再想像；二是詩與歌（或流行音樂）於文本中互涉媒合的多重組合臨床試驗。希望藉由對古典詩詞（特別是詞）的閱讀與研究，讓詩語言除了在意象準確度的要求外，還能兼具其聲韻的獨特營造，進而尋找到屬於自己語言呈現的個人標示；而後者則鎖定當代流行歌曲作為倚仿對象，進行類似流行歌曲書寫格式與節奏的詩詞創作。另外，我在輯三「（我們）」一中，因藉由閱讀古典文學「詞」此一文類而啟發想像，參考詞牌樣貌書寫創意延伸的詩詞形式（我私下稱為「倚聲詩」）。「倚聲詩」也可算是對「詞」的模擬書寫，變革創作，以及逆襲反叛的可能性。當然，更是對古典詩詞的致敬。

詞牌的種類繁多（《詞律》共收六百六十調，一千一百八十餘體。《詞譜》則列八百二十六調，兩千三百零六體），但常用的詞牌中最短的〈十六字令〉共十六字，最長的〈鶯啼序〉兩百四十字。從小令到慢詞，從單調、雙調、三疊到四疊。其語言格律的要求，包括字數、字句、平仄、押韻、對仗等語言和語音上的「精密細節」，讓我感觸最深的是古典詩詞中對每一個用字遣詞的細膩與謹慎。對我而言，這便是對語言最誠摯的尊重和「借用」。

當然，語言經過無數時代的淘洗、化約、變革和擴展，古典格律中的語言典範許多時候其實並無法完全套用在當代的華語詩語言創作中。但其中許多關於對語言和語音精密計算的概念則永遠通行不變。在閱讀這些古典詩詞的過程中，每每讓我不禁讚嘆其精準且細緻的語言表現。

這是一趟有趣的語言朝聖之旅，也是追尋語言美學的不歸路。所有語言行旅中所見、所聞、所思，都將會是讓我繼續探索語言內裡的動力。因為探索而深感的不足，因為對語言無法歇止的愛情，也因為遠方鼓聲隱隱的招喚，所以得繼續邁開腳步，繼續往下一座城市前進。

此外，這本詩集的出版要特別感謝向陽老師，感謝老師百忙中撥空為自己的詩集寫序。老師向來對晚輩詩人與學生不吝鼓勵與提攜，猶如春陽熙暖；而王文仁教授的書評亦讓此詩集增色不少。謝謝李進文、嚴忠政、吳耀宗、顏艾琳、羅思容幾位詩人朋友的知性與感性推薦；也謝謝我的編輯羿珊。

最後，要感謝的是我的父母親和家人，謝謝他們一路支持著我度過生命最艱困的時刻。七夕恰好是我父親的生日，謹以此詩集獻給我最親愛的父親。

附錄：

收錄於此詩集中的詩作，分別發表於《創世紀詩雜誌》、《台灣詩學‧吹鼓吹詩論壇》、《聯合報》、《人間福報》、《中華日報》、《中國時報》、《野薑花詩刊》、《衛生紙詩刊》、《喜菡文學網》、《乾坤詩刊》、《台灣文學網》、香港《聲韻詩刊》、香港《圓桌詩刊》、「臺北詩歌節」、《中華女子文學》、大陸散文詩創刊號《源》、大陸《海峽詩人》等。

讀詩人84　PG1556

我們

作　　者　　姚時晴
責任編輯　　盧羿珊
圖文排版　　周妤靜
封面設計　　王嵩賀

出版策劃　　釀出版
製作發行　　秀威資訊科技股份有限公司
114 台北市內湖區瑞光路76巷65號1樓
電話：+886-2-2796-3638　傳真：+886-2-2796-1377
服務信箱：service@showwe.com.tw
http://www.showwe.com.tw
郵政劃撥　　19563868　戶名：秀威資訊科技股份有限公司
展售門市　　國家書店【松江門市】
104 台北市中山區松江路209號1樓
電話：+886-2-2518-0207　傳真：+886-2-2518-0778
網路訂購　　秀威網路書店：http://www.bodbooks.com.tw
國家網路書店：http://www.govbooks.com.tw
法律顧問　　毛國樑　律師
總 經 銷　　聯合發行股份有限公司
231新北市新店區寶橋路235巷6弄6號4F
電話：+886-2-2917-8022　傳真：+886-2-2915-6275

出版日期　　2016年7月　BOD一版
定　　價　　220元

本書獲國藝會創作補助

國家圖書館出版品預行編目

我們 / 姚時晴著. -- 一版. -- 臺北市 : 釀出版,
2016.07
面； 公分. -- (讀詩人 ; 84)
BOD版
ISBN 978-986-445-108-1(平裝)

851.486 105005631

讀者回函卡

感謝您購買本書，為提升服務品質，請填妥以下資料，將讀者回函卡直接寄回或傳真本公司，收到您的寶貴意見後，我們會收藏記錄及檢討，謝謝！

如您需要了解本公司最新出版書目、購書優惠或企劃活動，歡迎您上網查詢或下載相關資料：http:// www.showwe.com.tw

您購買的書名：______________________________

出生日期：________年________月________日

學歷：□高中（含）以下　□大專　□研究所（含）以上

職業：□製造業　□金融業　□資訊業　□軍警　□傳播業　□自由業

□服務業　□公務員　□教職　□學生　□家管　□其它_____

購書地點：□網路書店　□實體書店　□書展　□郵購　□贈閱　□其他

您從何得知本書的消息？

□網路書店　□實體書店　□網路搜尋　□電子報　□書訊　□雜誌

□傳播媒體　□親友推薦　□網站推薦　□部落格　□其他__________

您對本書的評價：（請填代號　1.非常滿意　2.滿意　3.尚可　4.再改進）

封面設計____　版面編排____　內容____　文／譯筆____　價格____

讀完書後您覺得：

□很有收穫　□有收穫　□收穫不多　□沒收穫

對我們的建議：______________________________

____

____

____

請貼
郵票

11466
台北市內湖區瑞光路 76 巷 65 號 1 樓
秀威資訊科技股份有限公司 收
BOD 數位出版事業部

（請沿線對折寄回，謝謝！）

姓　　名：__________ 年齡：______ 性別：□女 □男

郵遞區號：□□□□□

地　　址：__________

聯絡電話：(日)__________ (夜)__________

E-mail：__________